山崎方代の百首
JN014946

目次

山崎方代の百首

わからなくなれば夜霧に垂れさがる黒きのれ
んを分けて出でゆく

第一歌集『方代』の巻頭歌。発行は昭和三十年、四十一歳の秋。歌人に送っただけでなく、中村光夫、高見順、小林秀雄の自宅を訪れて手渡した（追い返されたこともあった）。さらに残ったものは横浜駅と東京駅で行く人々に配られたという。

この歌が発表されたのは昭和二十三年。目を負傷して戦地より帰った方代の今後の生き方にイメージが重なる。不透明な先には不透明が続く。わからなさは「黒きのれん」の先でも続いている。「のれん」で酒場を表わし、デカダンな雰囲気を作り上げている。

『方代』

じめじめと父と母とがあらそいしあのあらそ
いは今もわからず

方代が生まれた時、父龍吉は六十五歳、母けさのは四十四歳だった。龍吉は馬を引いて運送業を営むが、山っ気のある人で、開墾した山に桑畑を作るなどさまざまな事業に手を出し、そして失敗する。結局、運送業も立ちゆかなくなり家を売ることに。

確かに争いが多そう。父と母とが争う理由が、子供の時には分からなくても、大人になった今なら分かるはず。だが、「今もわからず」と知らぬふりをする。肩透かしを食わせるように読者を突き放す。方代短歌の特徴の一つだ。

『方代』

寂しいが吾れにひとりの姉があるかなしきを
打つこのときのまも

003

八人兄弟姉妹の末っ子として生まれたが、生まれた時には既に五人が死亡、一人は里子に出ていた。

方代はエッセイ集『青じその花』に次のように書く。

まさかと思っていたのが生まれてきたのである。霜のきびしい朝であった。父は焼酎の酔にまかせて、生き放題死に放題の方代と命名してくれた。

二十三歳の時に母を、二十九歳のときに父を失った方代にとって、唯一の肉親であった姉が精神的にも物質的にも支えとなった。姉がいるから仕事もできる。「かなしき」は鑽、靴の修理をしていたときの歌だ。


『方代』

とぼとぼと歩いてゆけば石垣の穴のすみれが
歓喜をあげる

小さな自然と語らい、友達になることが好きだった方代。元気なく歩いていても、すみれが迎えてくれる。そして励ましてくれる。石垣の穴という、決して恵まれた環境で育っているわけではないので、余計に仲間意識が強いのだろう。

センチメンタルであり、ロマンチストだった方代の特質が良く出た歌。

愛唱性があると評価されることの多い歌の中にあって、この歌はとりわけ愛唱性が高い。一読して覚えてしまうし、忘れ難い。


『方代』

一足の黒靴がならぶ真上より大きな足が下りて来たる

方代の軍隊生活は約五年。シンガポール、ジャカルタ、チモールなどを転戦。眼を負傷して野戦病院に入院するものの少し治癒すれば、すぐにまた戦場へ送られた。「大きな足」から上等兵の足をイメージする。「下りて来たる」に暴力的な圧力を感じる。その足で踏みつけられるように幾度となく暴言・暴力を受けたことだろう。
クローズアップする方法に、北原白秋『雲母集』の〈大きなる手があらはれて昼深し上から卵をつかみけるかも〉を思う。

『方代』

不貞不貞と畳の上に投げ出せし足といえども
せつなかりけん

「不貞不貞」は当て字なのだが、この文字を使ったことで自堕落な雰囲気が更に濃くなった。だが、第二歌集『右左口』に再録するにあたり「ふてぶてと」に直されてしまった。私としては残念な推敲。

「けん」は「……だっただろう」と過去を推量するときに使う。が、方代の場合は文法通りに読まなくても良いこともある。それは文法を知らなかったからではなく、文法を超えて、音を大切にしたからだ。

右左口は「うばぐち」と読む。山梨県に存在した村で、現在は甲府市の一部。方代が生まれた村だ。


『方代』

今日はもう十一月の二十日なり桐の梢空に桐
の実が鳴る

この歌も『右左口』に収録された際に〈今日はもう十一月の二十日なり桐の梢に桐の実が鳴る〉と推敲されている。圧倒的に読みやすくなったのだが、単なる情景描写になってしまった気がして、いささか残念。「空」のある方が空間が広がる。

十一月二十日は何の日だろう。たとえば十一月二十五日は母の祥月命日。今年もまた不満足な生活の中で母の忌を迎えることを嘆いているのだろうか。

一見意味のない日付も、こうして歌われると何か意味があるように感じる。余白の効果と言ってよい。

『方代』

ふかぶかと雪をかむれば石すらもあたたかき
声をあげんとぞする

「石」は方代短歌の重要なキーワード。これからもたくさん出て来る。

人に踏まれても動けないし、声も上げられない。弱いものの代表格だ。でも、肝が据わっていて、不要なように見えて、しっかり役立っている。

この歌、実は『青じその花』では失恋の歌として語られる。石になって失恋の痛みに耐えているのだ。

恋については後々書くことになるが、相手は広中淳子。和歌山に住む彼女に手紙を送り続けたものの、片思いに終わった。

『方代』

汚れたるヴィヨンの詩集をふところに夜の浮
浪の群に入りゆく

愛読した詩人が二人いる。尾形亀之助とフランソワ・ヴィヨン。二人の詩との出会いは昭和二十三年、三十四歳のときだった。『青じその花』には「（ヴィヨンの）詩をくり返しくり返して、読んでいくうちに、力強いなにものかが、私の心をゆさぶってくるのである」とある。

この歌、三句以下を比喩として読むのが良さそうだ。ヴィヨンの詩を心に刻みつけ、厳しい現実を生きて行こうという意思表示。

ちなみのこの詩集は、鈴木信太郎訳の『ヴィヨン詩鈔』、新宿の紀伊國屋書店で買った。


『方代』

右左口（うばぐち）の名に負うお坊先生も死んでしまえば

石とこおろぎ

しょせん人間一度は死ぬ。死んでしまえば名高いお坊先生も石とこおろぎと同じではないか……と投げやりと言えば投げやりな死生観である。死は避けようもなくやって来て、すべてを奪い去ってゆく。

自分が生まれる前のこととはいえ五人の兄と姉が死んでしまったこと、貧しい暮らしの中で母と父を失ったこと、戦地で多くの死を目撃したことと決して無関係ではないだろう。また、パリを追放されたあとの消息がわからないヴィヨン、貧困と病苦の中で一生を終えた尾形亀之助、この二人も方代の死生観に影を落としている。

『方代』

茶碗の底に梅干の種二つ並びおるああこれが
愛と云うものだ

011

方代は小道具の使い方が絶妙である。小道具によって心境をくっきりと浮かび上がらせることができる。

平凡だけれども愛に満ちた生活がイメージされる「梅干の種二つ」。小道具として実に良い仕事をしている。

ちなみにこれは空想であり、理想。現実ではない。

四句と結句を合わせても十三音。一音足りない。一音欠落に何かを補うとすれば私なら「？」を入れたい。「ああこれが愛」と感極まって言いながらも「ほんまかいな」と方代自身で突っ込みを入れている感じがする。字足らずはしばしば使われたテクニック。

『方代』

ゆくところ迄ゆく覚悟あり夜おそくけものの
皮にしめりをくるる

傷痍軍人として訓練を受けた方代は、靴職人の家に住み込んで修理技術を学んだ。その後、新宿駅などで靴の修理をして過ごすが、住居を持たずに知人の家を渡り歩く放浪生活は変わらなかった。

この時期の歌としては生きることに前向きである。なんとしても生きて行こうという覚悟がある。と言うのも、戦争と戦後の混乱によって途絶えていた作歌に、ふたたび取り組むようになったからである。

戦前に参加していた「一路」に再入会。歌会に出るために、しばしば右左口村に帰るようになっていた。

『方代』

亡き母よ侮る勿れ野毛市の夜のとどろきに歌
一つなす

013

『青じその花』で方代はこのように書いている。

　私の歌のすべては学問の中から生まれてくるものではない。二十貫の力石をかつぎかついだこの中から生まれてくるものだ。

野毛市（のげいち）は横浜にあった闇市。混乱の中で、一首が生まれた。侮られるような生き方であることを自覚してはいるが、自分に今できることは歌を成すことのみ。「亡き母よ」と母に呼び掛けているが、言葉の綾と取るのが良さそう。全ての人々に「侮る勿れ」と言いたい気分なのだ。

『方代』

野の末に白き虹たつくれどきよ吾に憩いの片
時もなし

「白虹」と書いて「はっこう」という虹がある。太陽の光が霧に反射して出来るもの。とても淡く、とても儚い虹である。

この歌が発表された昭和二十五年、歯科医師と結婚している姉・関くまの許に方代は落ち着き、放浪生活を終わりにした。そして懸命に働いた。

戦後に初めて訪れた安定した生活だった。でも、方代は知っていたのだ。この暮らしが白い虹のように淡く儚いものであることを。片時の憩いでもないことを。

『方代』

あたらしき悔い残すため生くるため今日も朝からセッコウをねる

姉の家に身を寄せた方代は、関歯科医院で歯科技工の手伝いをする。だが、戦場で負傷して右眼は失明、左眼は〇・〇一の方代だから、仕事で失敗することも多かったらしい。

「あたらしき悔い残すため」は今日も失敗するのではないかとの怯えであろう。失敗すれば、負傷を悔やみ、生きる辛さに直面する。斜に構えているとか、ユーモラスに表現しようとか、そういう意図は感じない。

「残すため」「生くるため」と「ため」を繰り返してリズムを良くする。リフレインを方代は多用した。

『方代』

宿無しの吾の眼玉に落ちて来てどきりと赤い
一ひらの落葉

葉が落ちて来て、どきりとした。要はそれだけなのだが、「どきりと」を赤の修飾に使い、目の前に落ちる情景を「眼玉に落ちて」と言い替えている。こういうところに方代の詩情を感じ取れる。

「眼玉に落ちて来てどきりと赤い」から思うのは、爆撃による破片である。焼けただれた破片はさぞ赤かったことだろう。視力を失う前の右眼が捉えた最後の色は赤だったのではないだろうか。

視力の低い方代は中間色をあまり使わず、原色を好んで使った。

『方代』

死に給う母の手の内よりこぼれしは三粒の麦
の赤い種子よ

死の間際に麦の種子を握っていることは考えにくいのでフィクションだろう。

三粒が意味するところは、父・姉・方代。母から見れば、夫・娘・息子。つまり残してゆく三人。母の無念と心配が比喩的に語られた一場面だ。

母は十九歳の時に馬の背に揺られ、鶯宿峠を越えて嫁いできた。結婚式の当日、花婿は開拓地の見分に行くと出かけて留守。花婿不在の結婚式が行われた。

花婿が戻って来たのは二か月半後。第一声は「今けえったど」。

『方代』

まっくらな電柱のかげにどくだみの花が真白
くふくらんでいる

そもそも全ての短歌に言えるのだが、実景の中には作者の心理が潜んでいる。方代の短歌は心理の存在が顕著で、潜むというよりも漂っていると言った方が良い。

この歌も、失意の日々を送る中で希望をついに見つけたときの心境がくっきりと浮かび上がっている。ただ暗いだけでなく「まっくら」、単に白いだけでなく「真白」、暗さと白さが強調されているから余計に失意と希望の落差が明確になる。

希望を象徴するドクダミが群れ咲く様子を「ふくらんでいる」とする。希望の花に相応しい言い回しだ。

『方代』

ほんとうの酒がこの世にあった時父もよいに
き吾もよいたり

『青じその花』にこんな文章がある。

　あのころは、まだ本当の酒がこの世の中にあった。ある晩、父とともにのみ明かしたことがあった。酒は黄金色をしていた。

「あのころ」とは母もまだ生きていた時代。「本当の」が意味することは、闇市で売られていた密造酒とは違うということでなく、楽しかった時代に飲んだ酒という意味。もう二度と取り戻せない時代なのだ。

　父は昭和十九年に亡くなる。方代は転戦中でジャワ島のスラバヤにいた。


『方代』

がぶがぶと冷えたるお茶を呑み終る如くせわ
しく終らんとする

何を終らんとするのだろう。比喩があっても、何を喩えているのか肝心のことが抜け落ちている。仕方がないので読者がいろいろと、もやもやしながら考える。もうその時点で、読者は方代の仕掛けた罠にはまっている。

方代のオノマトペは極めて単純だ。「がぶがぶと……呑み」、きっと歌会では「平凡」「陳腐」とやり玉にあがるだろう。方代ほどの感性をもってすれば斬新なオノマトペを生み出せるはず。だが、しなかった。

単純ゆえわかりやすい。単純ゆえ味わいがある。方代短歌の人気の秘訣がオノマトペの使い方に垣間見える。


『方代』

生れは甲州鶯宿峠（おうしゅくとうげ）に立っているなんじゃもんじゃの股からですよ

ここからは第二歌集『右左口』に入る。奥付は昭和四十八年十二月二十五日になっているが、実際には四十九年に刊行。方代は五十九歳だった。

このころの方代は短歌総合誌に五十首を発表するなど歌人としての地位を固めていて、東京の私学会館で行われた出版記念会には約八十名が出席した。

鶯宿峠のなんじゃもんじゃはリョウメンヒノキ。樹齢五百年と言われていた。明治二十四年、この木の下を方代の母となる二十一歳のけさのが馬の背に揺られて通った。峠を越えた先に嫁いでゆくためである。

『右左口』

何のため四十八年過ぎたのか頭かしげてみて
もわからず

022

実にトボケタ歌である。何のために生きているのか、自分の存在理由を考えてみることは、私にもある。だが普通は頭を抱えることはあっても、頭をかしげない。頭を抱えて真剣に人生を考えていると方代に笑われてしまいそう。

「君はちょっと考えすぎだね。もっと肩の力を抜いて気楽に生きなさいよ」と方代に諭されているような歌。

方代は自分の年齢をよく歌った。何歳になったけど、相変わらずダメに生きています……そんな歌い方が大方である。

『右左口』

男五十にして立たねばならぬめんめんと辞書
をひきひき恋文を書く

論語ならば「三十にして立つ」。五十といえば天命を知る年齢だ。しかし方代は二十年遅れて立とうとしている。しかも恋文を書いている、それも辞書をひきひき書いている。これでは「而立」はままならない。「立たねばならぬ」は決意だけで終わったことだろう。
初句から結句までユーモアと思えば良いのだが、結婚することなく一生を通した生き方を考えれば、この歌には切実なる思いが潜んでいる。特に「めんめんと」の辺り。「めんめんと」恋文を書いたことが本当にあった。それは三十代半ばのことである。

『右左口』

はぎしりして鏁（かなしき）を打つ靴を打つときの間も

あり広中淳子

方代の恋の相手として知られる広中淳子。方代が三十代半ばに所属していた短歌誌「工人」の仲間である。

淳子は結核で自宅療養中。だから二人が会ったのは、たった一度きり。放浪の旅の最後に、和歌山に住む淳子を訪ねた。布団の上に淳子はいた。

要は「工人」に掲載される短歌を読み、短歌からイメージされる作者像に恋をしてしまったわけ。純粋で一途な片思い。片時も忘れられない、うぶな恋心を歌ったこの歌は、結句に「広中淳子」と置いたことで印象が一気に濃くなった。


『右左口』

青桐の垂れる夕べの靄のなか花より白き君に
したがう

ただ一度出会った広中淳子は思い描いたとおりの美しい人だった。『青じその花』で方代は書く。

結核ということは聞いていたが、そうやつれてはおらず、白いうなじと黒いつぶらな瞳の清らかな娘である。あまりの美しさに茫然として（以下略）

方代は思わず「おしたい申しております」と口走る。その言葉を「おかしいわ（中略）お会いしたのは今日が初めてよ」と一蹴した淳子は、「しっかりしてください。どうかそんなに放浪の生活をつづけないで、定職についてて」と続ける。かくして七年の放浪生活が終わった。

『右左口』

亡き父もかく呼んでいた道ばたに小僧泣かせ
の花が咲いている

地方によって、人によって異なるのだが、スズメノカタビラやコニシキソウといった抜いても抜いても生えて来る手強い草を小僧泣かせと言う。草むしりが小僧の仕事だったころのエピソードから名づけられた。

父は物知りであった。自然の中で生きる術を幅広く知っていた。後年、方代は鎌倉に住むが、山に入っては野草を採って食べた。父から教わった知恵が役に立ったのだ。

草の花は可憐で美しい。立ちどまり、屈み込み、花を観察しながら、父の言葉を思い、恋しい人を思う。

『右左口』

担(かつ)ぎだこ取れし今でももの見れば一度はかつ
いでみたくなるのよ

いろいろな仕事に就いた方代、港湾で荷を担ぐ仕事も体験したらしい。担ぎだこが出来るまで働かなかったとしても、体が味わった辛さや痛みはいつまでも忘れない。その痛みをユーモアに転じてゆく。おちゃらけて「かついでみたくなるのよ」と言ったりして。

「雀百まで踊りを忘れず」と言う。幼い時分からの習慣は老いてもなかなか抜けないという意味だが、方代は切り替えが得意な人ではなかったと思う。過去を引きずってしまうタイプ。だから、広中淳子をいつまでも思い続けた。純粋と言えばとても純粋なのだ。

『右左口』

夜おそく出でたる月がひっそりとしまい忘れ
し物を照らしおる

全てを言わない。百あるところを七十くらいで歌いとどめて、あとは読者に想像してもらう。読者は残り三十をあれこれ想像して楽しむ。

いかに省略するかが歌を作る醍醐味、いかに省略を埋めるかが歌を読む醍醐味。短歌の楽しみとは、省略を巡る作者と読者の攻防にある。

この歌も七十どまり、三十が省略されている。「しまい忘れし物」は何なのだろう。すごく大事なものなのか、そもそも目に見えない精神的なものではないのか？　私は下駄とかバケツとか、他愛のない物を想像している。

『右左口』

焼酎の酔いのさめつつ見ておれば障子の桟が
たそがれてゆく

「障子の桟がたそがれてゆく」を実際の景色と読めば、日の暮れになり酔いが覚めて来たということになる。だが、飲んでしまったことへの悔いを表わしているとも読める。障子の桟は自分の心の内に在る。ボロボロに破れた心の中の障子、たそがれやすい障子だ。

答はない。私は、自分のその時の気分を反映させて、実際の障子として読んだり、心の中の障子と読んだりしている。つまり、方代の歌は読者のその時の気分に沿えるだけの柔軟性を持っている。読みを楽しみ、遊ばせてくれる。読者にやさしい歌なのだ。

『右左口』

ねむれない冬の畳にしみじみとおのれの影を
動かしてみる

方代は実に多くの人に支えられていた。親しみやすい人柄が幸いしたのだろう。金がなくなれば小遣いをくれた鎌倉瑞泉寺の大下豊道和尚。自宅の敷地内に四畳半の家を建てて住まわせてくれた鎌倉飯店店主の根岸侊雄。名前をあげればキリがない。

歌われている畳は根岸が建てた家。五十七歳の方代が得た終の棲家だ。まさか畳があるとは、まさか電気が通っているとは、思ってもみなかった。

「畳にしみじみとおのれの影を動かし」て、還暦近くに得た幸せを噛みしめている。

『右左口』

瑞泉寺の和尚がくれし小遣いをたしかめおれ
ば雪が降りくる

鎌倉市にある臨済宗円覚寺派の寺院・瑞泉寺。一三二七年に創建、夢窓疎石を開山とする。「花の寺」として知られる。現在の住職は歌人の大下一真氏。

この歌に出てくるのは先代の大下豊道和尚。「それは、とてつもない偉い坊さんである」と方代は言っている。生きてゆくことが面倒になり、死を急ぐような気持ちにかきたてられるとき、方代は瑞泉寺を訪れた。

「和尚の静かに語るお言葉の一つ一つを聞き留めていると不思議に心がなごんでくる」と『青じその花』に書いている。

『右左口』

ゆで卵ひとつ手に持ち急げども他人の家の敷
居は高し

歌人の吉野秀雄宅も方代がしばしば訪れた他人の家。方代が言うには、吉野と大下豊道和尚は「人もうらやむじっこんの仲」。「人」は方代自身のことであろう。

手土産は山菜が多かった。行く途中で採ったものだから新鮮。でも、引け目はある。「ゆで卵ひとつ」の土産と同じように自然と敷居は高くなる。

小道具の使い方がうまい方代だが、「ゆで卵ひとつ」も絶妙。シュールでありつつ、生活感がある。ポエムに両足を突っ込むことはせず、片足はポエムから出て現実という地を踏んでいた。

『右左口』

藪かげの小さきわが家に一枚のハガキがあし
た投げこまれたり

ポエムと現実に片足ずつ突っ込んでいると前の歌で書いたが、ユーモアと切なさ、ぬくもりと冷たさ、美しさと醜さ、聖と俗、生と死、愛と失望といったように、方代の歌は相反するものに片足ずつ突っ込んでいる。

ユーモアに両足を入れることはなく、必ず片足は切なさや怒りに踏み込んでいる。アンビバレントと言おうものなら「そういう難しいことじゃなくて、人間ってもともと複雑だからね」と方代に言われそう。

言葉の一つ一つは寂しい歌も、全体を通せば何だか笑ってしまう。悲劇を喜劇に仕立て替えてしまう。


『右左口』

手のひらに豆腐をのせていそいそといつもの
角を曲りて帰る

今ではパックに入れて売られているが、昭和の中ごろまでは、鍋を持って買いに行くのが当たり前だった豆腐。方代は手のひらにのせている。器用だと感心するよりも、有り得ないと絶句してしまう。

だけど、普通では有り得ないことも、方代の手に掛かるとリアリティが発生する。「方代さんなら有り得るよね」と思わせるキャラクターなのだ。

キャラクターが立ってくる短歌は実は少ない。理屈では納得できなくても、作者名で納得させてしまうキャラクターを方代は持っている。

『右左口』

頭よりバケツをかむりバケツの穴の箇所捜し
おる

明かりが差し込めば、そこに穴がある。実に効率的な穴の捜し方。だが、普通の人は、こんなことを短歌にしようと思わないし、よもや短歌になっても、読まされる人はたまったものじゃない。

だけど方代ならば短歌にしてしまうし、読んでも十分おもしろい。方代というキャラクターがトッピングされるからだ。キャラで得している歌なのである。

しかもこの歌、三句がない。〈頭より／バケツをかむり／○○○○○／バケツの穴の／箇所捜しおる〉、ときに方代は不思議なことをしてのける。


『右左口』

赤き色の落葉をくべてこごえたる前と後ろを
あぶりていたり

今では懐かしい存在になってしまった冬の風物詩「焚火」。あたたまるのではなく「あぶりていたり」。「スルメイカ、か?」と突っ込みを入れたくなるような動詞「あぶり」で焚火を満喫している様子を歌う。

このトボけた物言いが方代らしい。

結局、私は「方代の歌」を読んでいるのではなく、「方代」を読んでいると思う。作品から立ち上がってくる方代そのものに強く惹かれているから、何度も何度も繰り返し読めるわけだ。愛すべきキャラクター方代さん、十分に焚火で温まってください。


『右左口』

こんなにも湯呑茶碗はあたたかくしどろもどろに吾はおるなり

筋を通して読み解こうとすると、読者がしどろもどろになってしまう。あたたかい思いをすれば普通は、しどろもどろが治まりそうなものだ。でもこの歌は逆にしどろもどろが発生してしまっている。

なぜなのだろう？

あたたかさに慣れていないからなのか？　しかし周囲にはあたたかい人が多くいた。だからたぶん、あたたかくされることへのいたたまれなさなのだと思う。こんなにあたたかくしてもらっても何のお返しもできないのですよ……あたたかさに恐縮する方代である。

『右左口』

川崎の夕方の町にあらわれて小ざかななどを
見て廻れるよ

見て廻れる人は方代である。が、もう一人の自分がいて離れたところから自分を動画撮影しているような歌いかたをしている。カメラはときに方代の横顔を、ときには小魚を、そしてときには町全体を俯瞰するように写している。これだけで小編の映画になりそうな映像性のある作品だ。

「夕べの町に」とすれば七音に収まるのに、字余りにしてまで「夕方の町に」を選んでいる。生臭い生活感が夕べでは絶対に出ない。だから夕方に拘った。言葉を大切にした結果だ。

『右左口』

砲弾の破片のうずくこめかみに土瓶の尻をのせて冷せり

方代と土瓶はとことん仲がいい。

第三歌集の『こおろぎ』に〈卓袱台の上の土瓶に心中をうちあけてより楽になりたり〉という歌がある。どちらも方代の代表歌を選べば必ず挙がって来る一首。体のどこかが痛いときは土瓶が手当てしてくれる。心のどこかが苦しいときは土瓶が話を聞いてくれる。

『青じその花』にはこのように書かれている。

たしかこの土瓶はある農家の竹藪の中に捨ててあったのを、見つけて拾ってきたものである。（中略）ひとり者の私にとっては、もう身内の一人である。


『右左口』

選ばれしこの運命にしたがいて今日は土瓶の
垢を落せり

土瓶との二人（?）暮らしも選ばれた運命、切っても切れない縁である。だから逆らうことなく、汚れが目立ってきた土瓶の垢を今日は落としている。

『青じその花』にこのようにある。

　外から小屋の中を覗いてみると、暗がりに口のこぼれた土瓶（どびん）と、ぬれた涙の方代の顔だけが消えのこっている。こみ上げてくるおかしさだ。私はこの土瓶が好きである。（中略）毎日の私にはなくてはならぬ代物である。まず朝起きて水を沸かしてお茶を飲む。酒のある時はあたためては話しかける。


『右左口』

かたわらの土瓶もすでに眠りおる淋しいこと
にけじめはないよ

土瓶が続き、『青じその花』の引用も続く。同居する土瓶については、方代自身に熱く語ってもらう方が良さそうだ。歌の秘密も少しずつ見えて来ることだし。

　ここに私が坐っている。土瓶がそこに存在する。この離れがたい空間のもどかしい思慕に私は眼をつむる。

　自分が現在、土瓶の前に坐っているということで、それを意識しない時間は無に等しいのだ。私の歌の調（しらべ）は、そんなもどかしさの中からほそぼそと生まれてくるような気がしてならない。

『右左口』

涙ぐましいことなりしかなわが手よりすべり
落ちたる皿割れにけり

口の欠けた土瓶は使い続けることができても、割れてしまった皿はどうにもならない。もう取り戻せない。すべり落ちるという一瞬の出来事で、大事なものが失われてしまう。皿は一例に過ぎず、人と人との交わりにも当てはまる。一瞬が永遠に変わる。
あるいは「すべり落ちた」一瞬とは、右眼に砲弾を受けた瞬間かも知れない。あの時に自分の一生は割れてしまった。いやいやもっと以前、母より生れ出た瞬間が「すべり落ちた」ときではないか。生れて来たことそのものが「涙ぐましいこと」だったのか。

『右左口』

汲みおきの手桶の底からのぞきおるおのれの
頬に手を当ててみる

手桶の水に自分の顔が映っている。頬に手を当ててみたら、水に映る自分も頬に手を当てた。簡単に言ってしまえばそれだけのことなのだが、方代のマジックにかかると、何もかもが逆転し、妖しく不思議な世界に生まれ変わる。

手桶を覗いているはずなのに手桶の底にいる自分に覗かれている。手桶の外にいる自分と手桶の底にいる自分がいて、どちらが本当の自分なのか自分自身でもわからなくなってくる。まるで落語の「粗忽長屋」の世界。自分を見失いつつ、自分を捜し求めている。

『右左口』

右の眼をうっすらあけて見ておれば紙の袋が
立ちあがりたり

右眼を失明している方代である。だから、うっすら開けようが、ぱっちり開けようが、本当は何も見えない。でも、見えてくるものがある　ただそれは、父と母の姿でもなく、ふるさとの景色でもなく、紙の袋なのだ。空っぽなのか、中に何か入っているのか。得体の知れない存在だ。

当然のごとく「紙の袋が立ちあがりたり」は暗喩である。何かなのである。中身の見えない新しい時代が起こっている……ということかも知れないが違うかも知れない。読者の数だけ答がある。

『右左口』

酒を売る店のおかみとたちまちに親しくなり
て居を変えてゆく

読み方は二つ。店の近くに引っ越す。さすれば頻繁に店に通えてもっと親しくなれる。これが一つ。

店から遠い場所に引っ越した。さすれば会うこともなくなり、おかみとの縁も切れる。これがもう一つ。

私は後者で読んだ。深入りは避けたい。色恋は荷が重すぎる。だから親しくなった途端に身を引く。自分には恋をする資格がないと思っているのだ。たちまち親しくなり、たちまち別れる。

内容は相当重いのだが、軽い歌に仕上げてしまう。深刻ぶるのが苦手な方代。


『右左口』

おもむろに茶碗のふたをそっと取りすすれど
だれもいるはずがない

046

方代の歌の素材はそう多くない。身の回りにあるもの（その最たるものは自分自身なのだが）が素材の中心。一つものを何度も繰り返し歌う。ゴッホがひまわりを何枚も描いたように。草野心平が蛙を生涯のテーマとしたように。

「おもむろに茶碗のふた」の歌が『右左口』にあと二首ある。蓋をとる行為をもつて失望と羞恥を歌っている。〈おもむろに茶碗の蓋をとっている吾のうしろを覗き給うな〉〈なんという不思議なことだおもむろに蓋とって茶をのんでいる〉

『右左口』

94—95

人間はかくのごとくにかなしくてあとふりむ
けば物落ちている

数多くの物を落としながら人は生きている。過去を振り向けば、それはそれは多くの物が落ちている。まったくその通りだから、説明は一切要らない歌だ。

しかし一方で、この歌には原稿用紙を千枚使っても書ききれないだけの私小説が詰まっている。

ふと口を突いて出て来たような言葉だが、ぎゅっと人生を濃縮している。短歌を作るとは人生を三十一音に濃縮することだ。二倍濃縮もあれば、百倍濃縮もある。それは歌人によって歌によって違って来るのだが、この歌はさしずめ千倍濃縮と言ったところか。


『右左口』

きぬた石いしのくぼみのありどころうす暗がりにわが涙垂る

昭和四十九年に『右左口』は出た。その十六年後に出版された『シンジケート』で穂村弘はこのように歌った。

ほんとうにおれのもんかよ冷蔵庫の卵置き場に
落ちる涙は

設定は似ている。が、似ているから良いとか悪いとかの問題ではない。誰もが悲しい存在なんだなとしみじみと思う。方代も穂村弘も、どうしようもなく泣けてくる時がある。

それを三十一音という短い詩で表わそうとしたから似ているだけのことだ。

『右左口』

こんなところに釘が一本打たれていていじれば
ほとりと落ちてしもうた

この歌は方代自身に語ってもらうのがよさそうだ。以下『青じその花』より。

別に打たれている釘をみて発想したわけではない。釘のところに立っていたら恐らく歌にはしなかっただろう。目の前にモノを置いてデッサンとやらをやるような心意気は昔からないし、これからもないだろう。錆びて腐っていたからという描写もこの歌にはしていない。ただ、「いじれば落ちた」というだけのつまらぬことに興があっただけである。

『右左口』

耳のない地蔵はここに昔より正しく坐してかえりみられず

方代にとって短歌とは、大仏でもなく、本尊でもなく、道端に立つ地蔵だったのだろう。ありがたく崇められなくても、常に身近に存在することが大事なのだ。『青じその花』で次のように書いている。

歌が自分の生命だとか、文学だとかいう言葉をちょいちょい聞くことがあるが、本当にそう思っているのかしらん。私にはどうも大変だなあと同情する。歌は手軽であるから作るのだ。

でも、方代こそが一番に短歌を自分の生命と感じていたはず。やってることと言ってることが違うじゃないか。

『右左口』

ある朝の出来事でしたこおろぎがわが欠け茶
碗とびこえゆけり

ここからは第三歌集の『こおろぎ』に入る。出版は昭和五十五年の晩秋。方代は六十六歳になっている。年が明けて二月、横浜重慶飯店で出版記念会が開かれ、約七十名が参加した。

方代の手に掛かると、どんな小さなことでも歌になる。とは言いつつ、果たしてこれは小さな出来事なのか。もし欠け茶碗が方代だとすると、飛び越えて行ったのは南方の戦線で戦った敵兵ということになるのか。あるいは戦争そのものか、戦後という時代か。簡単には読み過ごせない。

『こおろぎ』

寂しくてひとり笑えば卓袱台(ちゃぶだい)の上の茶碗が笑い出したり

「方代の歌の素材はそう多くない」と以前に書いた。同じように方代の語彙もそう多くない。この歌でいえば「寂しく」「ひとり」「笑え、笑い」「卓袱台」「茶碗」が終生何度も使われた言葉。

マンネリと呼ぶ人もいるだろうが、そもそも一人の人間が借り物でなく自分のものとして体得している言葉なんて、たかが知れている。

完全に消化しきった自分の言葉で表現することの大切さを方代は身をもって示したと思う。借りて来た言葉や着飾った言葉を方代は一切使わなかった。


『こおろぎ』

右左口の峠の道のうまごやし道を埋めて咲い
ておるらん

ふるさとは今頃花が咲き満ちているだろう……と郷里に思いを馳せる。詩歌の古くからのテーマである。だがしかし、思い出す花が桜や梅でないところが方代らしい。故郷の桜を思うなんて叙情的なことを歌わないのが方代が方代たる所以だ。

で、代わりに出して来たのがうまごやし。すなわち馬肥。肥料や牧草にする草。花が咲いていることを気に掛ける人は少ないだろう。日本的な叙情より、目立たないけれども暮らしの中に確かに存在することに方代は重きを置いた。

『こおろぎ』

こんなにも赤いものかと昇る日を両手に受けて嗅いでみた

054

朝を迎えられた悦び。全面的に生きていることを寿ぐ一首。「こんなにも」の絶唱が印象的だ。てのひらを太陽に透かして生きている喜びを歌い上げた唱歌はあった。けれども、太陽を両手に受けて嗅いでしまうのですね、方代は。

結句が二文字足りない。二文字を補うとすれば何が適当かと読み返すたびに考える。「けど」のときが多い。「嗅いでみたけど」。「嗅いでみたけど」、その先どうなのだろう？　知りたくて私も昇る日を嗅いでみた、けど。永遠の問いを投げかけられてしまった。

『こおろぎ』

あかあかとほほけて並ぶきつね花死んでしま
えばそれっきりだよ

055

原色を好んで使った方代。中でも赤がダントツに多い。しかも鮮烈な、いや強烈な赤だ。

　きつね花とは彼岸花の別称。彼岸花には別称がたくさんあり、千近くあるのではないかという説もある。死人花、地獄花、捨子花……そして曼珠沙華。この歌にはやはり「きつね花」が合う。

　きつねが列をなして並んでいる雰囲気が一瞬あたたかな空気を生む。だが、それも束の間。「死んでしまえばそれっきりだよ」と突き放される。「それっきり」と思えば生きることに執着がなくなる。


『こおろぎ』

一度だけ本当の恋がありまして南天の実が
知っております

赤が続く。晩秋から冬にかけて赤く色づく果実。「一度だけ本当の恋」で思い出すのが広中淳子。方代がたった一度だけ彼女に会ったのは一月の半ば。だから、南天の実の時期に合う。

訪れた広中宅に南天が実っていたのか。方代が南天を見たのは淳子の病室に通される前か、それとも出て来た時か。すなわち、失恋前か失恋後か。その時に見た赤い実が今も忘れられない。なんとも悲しい歌。

打ち明けるような口語文体で軽く歌ったことが、いっそう悲しくさせる。

『こおろぎ』

私が死んでしまえばわたくしの心の父はどう
なるのだろう

口語で呟くように歌ったことで、嘆きがいっそう身にしみる。作られた思いではなく、心の中から零れ落ちた思いという感じがする。

父は歴史に名を残すような人ではなかった。今となっては方代の記憶の中にしか存在しない。この世に父が生きた証は方代の死とともに消えてしまう。

だがそれって特別なことではなく、過去に生きた人々の九十九・九九九パーセントの人は、誰かの死をもってもう一度死ぬ。本当に死ぬ。私の中にも父がいるが、私が死ねば知る人はいなくなる。

『こおろぎ』

ひとびとは黙って顔を見合わせてそして帰っ
ていってしまった

歌人としての知名度が高まるにつれ、雑誌や新聞の取材を受けるようになった。そうなると、方代の棲家を一度は見たいという人が現われることになり、結果、この歌の次第となる。「素敵なお住まいで」とは言えない暮らしぶり。

細かいことは何も歌っていないが、場面が鮮明に思い浮かんで来る。期待の表情がたちまち戸惑いに変わり、困ったように「帰りましょうか」と目で合図しあう「ひとびと」。

方代の省略技術には目を見張るしかない。

『こおろぎ』

破れたる障子の穴をふさぎたる目玉が大きく
迫って来る

いったん『左右口』に戻る。見学に来た人の中には障子の穴から覗く人もいたようだ。もちろん演出が加えられているわけだが、まったくのフィクションということもないだろう。

方代は部屋の中に居て、障子の穴をアップで捉える。するとそこには目玉。想像以上に何もない暮らしぶりに驚き、目を見開き、凝視する様子が「目玉が大きく迫って」と表現される。

方代の場面構成とカメラワークは斬新だ。絵を描かせたら、映画を撮らせたら、独自の世界を作り出していたことだろう。

還暦の祝いの酒を買って来てひとりぽつんと
かたむけており

再び『こおろぎ』より。四句と結句がすべて平仮名表記。平仮名で表記されていると読むスピードが自然と遅くなる。反対に漢字が多いとスピードは速まる。この歌の初句から三句にかけては漢字が多い。だから、初めのうちは勢い込んで読み、後の方はポツリポツリと読む。

そのスピードが歌の内容に合っている。酒を買って来るのは大急ぎ。飲むのは味わいながらゆっくりと。時間の過ごし方を文字表現で表わす絶妙なテクニックだ。

この歌を発表したのは昭和五十一年。六十二歳になっている。一首の完成までに時間をかけたのだろう。


『こおろぎ』

午後六時針垂直に水甕の水の面にとどまりに
けり

壁時計の針である。午後六時の長針と短針は垂直に一本になる。それをそのまま描くのではなく、水甕の水に映して描いた構造が見事。一分足らずの短い出来事なのだが、何か大切な時間であるかのように「とどまり」という動詞を使う。街に飲みに出ようかと迷う時間なのかもしれない。

初出は昭和五十二年の「山梨日日新聞」。「水甕」が「水がめ」、「面」が「おもて」、「とどまりにけり」が「指して下れり」。歌集に入れるにあたり直していて、結句の推敲は成功している。方代は推敲の人だ。

『こおろぎ』

北斎は左利きなり雨雲の上から富士を書きお
こしたり

葛飾北斎が左利きだったという確証はない。ましてや「雨雲の上から富士を書きおこし」たということも確認の仕様がない。そもそも北斎が右利きか左利きかなんて考えた人がいるのだろうか。

でも、北斎の絵を観ていた（もしかすると観ていないのかも知れないが）方代は、はたと気づいてしまったのだ。突拍子もない空想なのだが、変に納得してしまう。

「なり」「たり」と二回の断言。有無を言わさない文体が、この歌を方代ならではの北斎論にしている。北斎は方代によって秘密を見抜かれてしまった？

『こおろぎ』

信玄の隠し湯の中にすっぽりと首を残してつかっている

山梨県と長野県を中心に「信玄の隠し湯」は十か所以上存在している。

肩までどっぷりと浸かっているわけだが、それを「首を残して」と表わす。武田信玄は病死で、斬首されたわけではないが、こう歌われてしまうと、まるで信玄の首が湯に浮かんでいるよう。北斎は左利きと見抜いた方代だから、信玄の本当の死因を知っているのではないかと疑ってしまう。いたずらが好きな方代だ。

結句が六音。温泉でくつろぐような立場じゃないと、若干の居心地の悪さを字足らずで表現しているようだ。


『こおろぎ』

日が暮れてあたりが見えなくなりしゆえ土に
生えたるみ腰をあげぬ

『青じその花』に方代は書いている。

そもそも短歌などというものは、詠みたい時に詠むもので無理に詠んでみてもそれは詠んだことにならないからだ。詠めない時は死ぬまで待っていればよいのだ。にがい、くるしい長い無駄な時間の静寥の重量だけが作品となって残るだけである。

きっとこのときも「死ぬまで待って」いるつもりで、あたりを日がな一日見ていたのだ。

締め切りに追われて歌を作っている昨今、こんな作り方が出来れば最高だ。

『こおろぎ』

卓袱台（ちゃぶだい）の上の土瓶に心中をうちあけてより楽
になりたり

農家の竹藪の中から拾って来た土瓶は方代の身内の一人、いや、唯一の身内だ。歌が発表されたのは昭和四十九年だから、たった一人の肉親・姉のくまが亡くなってから九年が経とうとしている。

土瓶は答えてくれないけれども、土瓶の中の酒を呑みながら、あれやこれやと来し方を思い出しているのだろう。酒の残りを確かめるために、ときどき土瓶の蓋を開けたりして。

この歌を含む「めし」十五首により、第一回『短歌』愛読者賞を受賞した。

『こおろぎ』

遠方より友来たりけり目隠しをして鶏小屋の
鶏を選べり

「朋有り、遠方より来る」である。嬉しい気分は孔子と同じだが、孔子と違うのは鶏をご馳走しようとしたこと。しかも自分で絞めて。とは言え忍びないので、せめて目隠しをして。なんとも友に優しく、しかも鶏にも優しい方代。

でも、方代は鶏を飼っていなかった。だから三句以下はフィクション。だけどフィクションだって全然問題ない。友を歓迎し、もてなそうとしている気分が伝われば、それでよい。方代は気分を大切にした歌人。嬉しい気分、悲しい気分。気分を伝えるための演出は惜しまない。

『こおろぎ』

一本の傘をひろげて降る雨をひとりしみじみ
受けておりたり

一人なのだから一本の傘を広げるのは当たり前。なれど短歌は当たり前のことを歌ったときに何とも言えぬ可笑しみが生まれ出て来る詩型。試しに「一本の」を「真っ黒な」とか「透明な」に替えてみると、ただただ陰鬱な歌になってしまう。

当たり前を恐れなかった方代は当たり前の効用を知り尽くしていた。短歌史的に言えば、元祖当たり前とは言えないけれど、当たり前を短歌にもたらした功労者である。しかし、方代は独自さゆえに、短歌史の本筋から外れてしまうことが多い。

『こおろぎ』

引っ越しの荷物を積めるリヤカーを止めて桜
の花を見物す

夜逃げではなさそう。前向きで建設的な引っ越しだろう。それは桜の持つ明るさ、春ののどかさ、見物するゆとりから来るイメージが所以。なんとも幸せそうな引っ越しの一場面だ。

『こおろぎ』には引っ越しの歌がもう一首ある。〈引越し荷物の底から父母の位牌を出してまず供えたり〉

窮屈なところに仕舞われていた父と母とにまずは落ち着いてもらう。放浪ではなく一か所に住まえる喜びが、滲み出ている。五十七歳で得た四畳半の家。七十歳で亡くなるまでの十三年間を暮らすことになる。

『こおろぎ』

ことことと雨戸を叩く春の音鍵をはずして入
れてやりたり

春が来るのは待ち遠しいものだが、方代は人一倍春の訪れを楽しみにしていた。山に入って山菜が採れる、すみれなど野に咲く花に挨拶できる。

それにしても普通ならば「窓を開いて」というのではないだろうか。「いいえ、窓を開く前に鍵をはずさなければなりません」と言われてしまうと、ぐうの音も出なくなるのだが、でもやっぱり「鍵をはずして」はユニーク。「そう来たか」と思わず言いたくなる意外な盲点。突拍子もないことではなく、手を伸ばせば届く範囲内で意外な飛躍の着地点を見つけることができた人だ。

『こおろぎ』

私の心の中を椎の実が枝をはなれて落ちてゆきたり

方代が描く場面は臨場感に満ちているのだが、では現実的かと問われれば首をひねってしまう。リアルでありつつ嘘っぽさがある世界、一言でまとめればこういうことになる。

それは「私の心の中」を描いているからだ。心の中だからと言ってまったくのフィクションではなく、過去に見た場面が記憶として、心の中で熟成したもの。時間を経て、うま味を増した過去の一場面なのだ。写生とは別ものである。

嘘っぽさは深い味わいの一つと理解すれば良い。

『こおろぎ』

ふるさとの右左口郷（うばぐちむら）は骨壺の底にゆられてわ
がかえる村

方代といえばこの歌、もっとも知られた歌である。

でも、「死ななければ帰れない」と読んでいる人が多い。もちろん、そう読むのも間違いではない。しかし、方代は生きているうちに何度も帰っている。父と母の墓を建てている。骨壺に入らなくても帰れる場所だ。

だから、死んでから帰ることのできる場所がある安心感を歌っていると読みたい。死なきゃ帰れないような言い回しにしたのは演出と取りたい。ちょっと意地悪な見方をすれば、両親のためではなく自分のためであった墓の建立。けれども両親と一緒に入れる墓である。


『こおろぎ』

みぞれ降る東北の町にあらわれてちぐはぐの
靴を値切っている

この歌を初めて読んだとき、思わず唸ってしまった。なんて上手い人なんだろうと。だって、自分が東北の町に行ったことを「東北の町にあらわれて」と言えるなんて凄い。この人は自分をどこから見ているのだろう。現われた自分と見ている自分と二人の自分を持っていることが羨ましくなった。

そんなカメラワークの鋭い上句に対して……下句はセコイ、あまりにもセコイ。値切るのは良いとしても、なんで「ちぐはぐの靴」なんだ。あまりの異様さに、もう一度唸るしかなかった。

『こおろぎ』

弾丸傷にうずく眼玉を掘り出して調べてもら
う遺書をのこせり

この歌にも思わず唸ってしまった。反戦の歌、けれどナンセンスに縁どられ、まったく絶唱っぽくはないけれど、方代が方代らしさを崩さずに成し遂げた絶唱である。私の人生を狂わせた戦傷を調べろというのだ。それによって戦争が起きた原因をもう一度想い起こせという。戦争を忘れるな、戦争を二度と起こすなと重低音のメッセージである。

「掘り出して」という動詞、ちょっとトボけているが、まるで戦場から遺骨を掘り出すような緊張感がある。この動詞の使い方にも再三再四唸ってしまう。

『こおろぎ』

今日もまた雨は止まない耳の穴釘の頭を入れて出しおる

正直どちらでも良いのだが……「止まない」は終止形なのだろうか、連体形なのだろうか。仮に連体形とすれば、耳の穴の中に雨が止まないと読める。つまり耳鳴りの類を思うわけである。

だけど、終止形なのでしょう。「雨は止まない」と二句で切れて、釘の頭で耳垢掃除をしていると展開してゆく。長雨に閉じ込められている気怠さが漂う。

「入れて出しおる」からギリシャ神話のシシュフォスの石の話を思い出した。運び上げた石を落とされては再び運ぶという話。耳垢を取るのが目的ではなく、ただ出し入れを繰り返す刑に処せられているかのように。

『こおろぎ』

六十歳を過ぎた頃よりようやくに見合いの数
も落ちて来にけり

　ということは六十歳になるまでは困ってしまうほど見合い話が舞い込んだということになる。事実とは思えないけれども、このように本人が歌っているのだから、そういうことにしておこう。

「にけり」で終わる歌が方代には多い。談笑するような言い回しの最後を「にけり」で締めて、歌として立ち上がらせる。「けるかも」「なりけり」などもよく使う。

　方代というと口語のイメージが強いが、いやいや実は文語の人で、文語と口語の匙加減に四苦八苦した人。数限りない推敲が行われたことだろう。


『こおろぎ』

あさなあさな廻って行くとぜんまいは五月の
空をおし上げている

ここからは第四歌集の『迦葉』に入る。出版は昭和六十年十一月二十五日。だが方代はこの世にいない。八月十九日に肺がんによる心不全のために国立横浜病院で七十年間の生涯を終えている。方代自身が付けた歌集名は甲府から右左口に至るルートにある坂の名前だ。

ぜんまいの先っぽは丸まっている。あの丸まりが伸びて空を押し上げているという空想である。この面白い空想は、山菜が美味しい季節が訪れたことと、気持ちよく山野を散策できる気候になったことを喜ぶ思いから生まれたのだろう。

『迦葉』

不二が笑っている石が笑っている笛吹川がつ
ぶやいている

遺歌集とは言っても死去を受けて企画されたものではなく、生前から作成は決まっていて、方代も病床で完成を待ち望んでいた。だから間に合わなかった最後の歌集ということになる。

六十六歳から七十歳までの歌が収められている。清く澄んだ歌が多い。方代が持ち続けていたセンチメンタルでロマンチックな特質が、大らかなユーモアに縁どられ、ゆるやかな言葉づかいによって読者に差し出される。

ふるさとを象徴する不二と笛吹川に加え「石」を置く。「石」はきっと方代自身。笑えていることにホッとする。

『迦葉』

死ぬ程のかなしいこともほがらかに二日一夜
で忘れてしまう

「忘れてしまう」は願望だろう。忘れられれば良いのに、しかも「ほがらかに」。でも叶わぬこと。叶わぬ思いが歌われている。「死ぬ程のかなしいこと」の悲愴感と「ほがらかに二日一夜で忘れてしまう」の冗談めかした物言い、まったく正反対のものを咬み合わせても違和感がないのは、方代のキャラクターがあってのこと。キャラクター作りに勤しんだ成果と言えるだろう。

短歌はキャラクターを歓迎しない風潮がある。詠み人知らずでも良い歌は良いという言葉さえ時に聞く。キャラクターを作り上げる大切さを方代短歌は教えてくれる。

『迦葉』

ものなべて日ぐれてゆけばわが思い私はあなたの鼻でありたい

「鼻」は「花」の誤植？　と思ってしまったあなたへ。その疑問は当然ですが、「鼻」が正しい。とっても変な感覚。目や耳ほどの働きはせず、気ままな存在に見える鼻。だが顔の中心にあって呼吸のために絶えず働く。嗅ぐという仕事も休みなく行っている。縁の下の力持ちのような存在であり、欠くことはできない。
　あなたを私は陰で支えて参ります……という「わが思い」が、あらゆるものが日暮れてゆく頃に萌したのだ。「あなた」とは誰だろう。読者のみなさんと読んでしまっては綺麗すぎるか。でも、読者サービスと取って良い。

『迦葉』

青葉しげれる若宮大路にてゆくりなくめぐり
逢いたりあなたなりけり

若宮大路は由比ガ浜から鶴岡八幡宮に通じる参道で、鎌倉の目抜き通り。そこを歩けば多くの人に会える。この歌でも「あなた」は特定の人を指すのではなく、不特定多数の「あなた」。鎌倉の地に限らず、過去に出会った全ての人を指す。
数限りない人への贈答歌と言える。出会いが素晴らしいものであったことを「青葉しげれる」が表わす。この歌が発表されたのは昭和五十七年、翌年には左眼続発性緑内障で入院する。何らかの自覚症状が老いと死を考えさせたのか、まるで死を予感しているようにも読める。

『迦葉』

鎌倉の裏山づたいをてくてくと仕事のように
歩きおりたり

読まれることを常に意識していた方代は、読者サービスを日頃から行っていた。読者に喜んでもらう、その精神を貫いた歌人人生、「歌人が仕事」という信念を基に歌い続けた。

「てくてくと」を使える歌人は方代くらいしかいないだろう。語り掛けるような言葉の中に、ごくごく自然に埋め込み、ちょっぴり寂しくも楽しいオノマトペとして機能させている。「おり」を使い、歩く自分を突き放して見た上で「たり」と文語で締める。何気ない、誰でも作れそうな歌だから余計に多くの技が秘められている。

『迦葉』

くちなしの白い花なりこんなにも深い白さは
見たことがない

読めば目の前にくちなしの白い花が広がる。「こんなにも」と讃嘆して、絶賛する。くちなし讃歌。
　でも本当にそれだけなのだろうか。どうも違うような心持ちになっている。白を畏れ、白を疑う気持ちが私には見えてしまうのだ。そもそも、白さと匂いで存在を示し過ぎるくちなしを方代は好んでいない気がする。とすると、この歌は褒め殺しか。くちなしを褒め殺しても仕方ないので、目立つ花ばかりに気を取られている人への皮肉。私は目立たない花ばかり見て来ましたので、今回初めてくちなしに気づいた次第でございます、と。

『迦葉』

ここ過ぎてうれいは深し西行の歌の秘密はい
まも分からない

『青じその花』にこのような文章がある。

歌を作るのにはいろいろな条件がいるが、精神のコンディションを調整することが私にとってはまず先決である。歌の秘密というとおこがましいが、結局それに尽きるのではあるまいか。不仕合わせを、少しずつ生活の意識の中に混ぜておくのが精神のバランスである。つまり、ちょっぴり不幸という薪をちょろちょろくべるということ（以下略）。

幸せ一辺倒ではどうもイケないらしい。

西行の秘密が分からないまま方代は死んでしまった。

『迦葉』

帰りには月は上りぬてらてらと月夜の晩の人
となりたり

「月夜の晩の人となりたり」、なんて美しい表現なのだろうと、三句の「てらてらと」を隠して読めば思う。美しい表現をぶち壊しにしてしまう「てらてらと」という俗すぎるオノマトペ。残念だよね～と普通なら言ってしまうのだが、美しすぎることを避けた方代の思いを感じてしまうので、許してあげることにする。
　でも「ゆうらりと」などの抒情優先のオノマトペでは絶対に方代らしくない。方代が方代でいるための最低ラインが「てらてらと」であったように思う。自分の世界をとことん大切にした結果だ。

『迦葉』

べに色のあきつが山から降りて来て甲府盆地
をうめつくしたり

たくさんの赤とんぼが飛び交っている光景。秋が来たことを告げている。「甲府盆地をうめつくしたり」のスケールの大きさに心ときめく。すみれとか石とか小さなものを歌う印象が方代にはあるが、どっこい大きな自然を歌わせれば、独自の切り口を見せる。

歌集ではこの歌の後に〈小仏の峠の道は秋早し吾亦紅が恋をしていた〉が置かれていて、こちらは小さな自然を個性的に切り取っている。

ふるさとの山や動植物を思い出すようにぽつぽつ歌っているのもこの時期の特徴だ。

『迦葉』

ふるさとを捜しているとトンネルの穴の向う
にちゃんとありたり

短歌の定型は五七五七七なのだが、本当のところは歌人の数だけ定型がある。例えばだが「蛍の光」をロック歌手と演歌歌手とオペラ歌手が歌えばそれぞれ全く違う歌になるように。

内容は俗っぽくても、方代短歌は格調高い調べを持っている。特に、この歌の凛とした言葉運びは絶品だ。「ちゃんと」というザックバランな言葉が入ったとしても「ありたり」と文語で収めることにより、緩みのない調べを作り上げている。

ふるさとがあることの心強さが歌われている。

『迦葉』

机の上に風呂敷包みが置いてある　風呂敷包
みに過ぎなかったよ

風呂敷包みはしょせん風呂敷包み、何を包んであったとしても風呂敷包みである。人間も同じこと、どんなに難しい学問を身に付けたところで自分は自分に過ぎないよと、かなり投げやりな人生訓でもある。

『青じその花』には、机に向かい虫眼鏡を使って鉛筆で原稿を書いている方代を写した写真が掲載されている。下着姿で胡坐をかいている。机は文机。机の上には薩摩焼酎「かごしま」のボトルとコップ。背後には書棚。壁には十朱幸代のポスター。〈十朱幸代君が唱えば浅草の酸漿市の夜は闌けてゆくなり〉が『こおろぎ』にある。

『迦葉』

母の名は山崎けさのと申します日の暮方の今
日の思いよ

歌やエッセイを読んでいると、父に比べて母が出てくることが少ない。ざっと見たところ母の登場回数は父の三分の一程度。更に父は主役級の重大な役割なのに母の扱いは軽い。この差はどこから来るのだろう。

総じて父の歌はドライである。対して母の歌はウエット、哀愁を帯びている。この歌のように母の名前が詠まれただけでも、じっとりと悲しみを湛えてしまう。きっと方代はそれが嫌だった。ウエット一辺倒の歌は避けたかったのだ。

父は九十四歳まで生きた。母は六十九歳までしか生きられず、右左口を出ることがなかった。

『迦葉』

ことことと小さな地震（ない）が表からはいって裏へ
抜けてゆきたり

「表からはいって裏へ抜けて」と言っても四畳半しかない家のこと。ほんの一瞬の出来事だ。なんだかんだと深読みするよりも、「ありえないことを言ってやがる」と、この一言で片づけてもらう方が、きっと方代は嬉しいと思う。「ふふふ、やったね」という方代のしたり顔が見えて来る。

そっけない訪問者のように地震を読んだ人がかつていただろうか。どこか懐かしく、しかし新しい。方代短歌の境地である。刺激的であるけれども心落ち着く世界に読者は導かれる。

『迦葉』

どうしても思い出せないもどかしさ桃から桃
の種が出てくる

桃から桃の種が出てくるのは当たり前。誰もが知っていること。でも、知っていることが思い出せないときは本当にもどかしい。さんざん考えた末にやっと桃の種が出て来て、すっきり。

　方代のような自由気ままな生き方に憧れはあるものの、やっぱり自分には出来ないと思う。けれども自分と同じように、思い出せないもどかしさに苦労することもあるのかと思うと、別世界の人と思っていた方代が身近に感じられる。一人で自分に籠らず、読者に向けて常に扉を開いていた。

『迦葉』

暮れに出た友の歌集はすばらしい夏の雀は体
がだるい

友と聞いて思い出すのは岡部桂一郎と玉城徹だが、ここでは「とある友」と読むのが良さそう。あまりのすばらしさにショックを受けて、この年の前半を過ごしたのだろう。体がだるい雀は方代だ。

と読んで来て、それで良いのかと疑う。本当に「すばらしい」と思っているのか。下句はがっかりした思いを表わしているのではないか。そもそも「友」も疑わしい。「とある友」ではなく「とある大家」の歌集ではないのか？　こんな詮索はほどほどにしたいのだが、方代が残していった謎は数限りない。

『迦葉』

かろうじて保つ視力はかぐろくて低い鴨居の
ようにしんどい

実感がある比喩、手触りがある比喩、という言い方をする。だとすればこの比喩は「体が覚えている比喩」とでも言おうか。低い鴨居を潜るとき、頭をぶつけないかと恐々と体を丸める感覚が蘇って来る。

が、しかしだ。その程度のしんどさなのかと首を傾げてしまう。かろうじて保っているのだから、もっともっとしんどいでしょうと思う。けれどそこは方代のこと。「私の苦労なんぞ軽く受け流していただいて結構なのですよ」と言いたげに、左程しんどくないことに喩える。比喩の力を知っていた人だから、なせる技。

『迦葉』

なるようになってしまうたようである穴がせ
まくて引き返せない

昭和五十九年八月に「桃の花」と題した三十二首を「短歌」に発表。三十二首目の歌である。方代に残された時間はあと一年しかない。

90番の歌に「もどかしさ」とあった。この時期の歌にはそこかしこに「もどかしさ」が見受けられる。この歌にもある。人生をやり直すことができない「もどかしさ」。「引き返せない」と絶句して終わる。

連作には〈早生れの方代さんがこの次の次に村から死ぬことになる〉〈行末のことに思いがおよぶ時急に眼の先が暗くなり来る〉と死を暗示する歌がある。


『迦葉』

欄外の人物として生きて来た　夏は酢蛸を召し上がれ

昭和五十九年十月に「うた」に発表された「杉苔」三十二首の中の一首。この年の方代の発表した歌数は百二十六首に及ぶ。

上句から下句への飛躍が読みどころ。なぜ酢蛸に辿り着くかは不明だが、西瓜とか冷ややっこではなく、必ずしも夏をイメージしないものを持って来たところが妙技。歌集では〈河石を三つならべて日本の庄内米を炊いて食べたり〉が隣に置かれている。直火で炊くとは美食家だ。そういえば歌やエッセイに食べ物は多く出て来るが、山のものが中心。海産物はほとんど出て来ない。

『迦葉』

このようになまけていても人生にもっとも近
く詩を書いている

ここからは最後の年、昭和六十年に発表された作品。

前年の十二月に自宅近くの診療所で肺がんと診断され、年が変わって一月十一日に藤沢市民病院に入院、五月二十五日に退院するまで長い病院生活を送る。

上句で自嘲、下句で自負。自身の人生を振り返って歌う。さんざん自嘲を歌って来た方代が最後になって堂々と「人生にもっとも近く詩を書いている」と宣言する。「書いてきた」と過去形にしなかったのは、生きていたい、まだまだ書きたいことがたくさんあるという思いであろう。


『迦葉』

一片のレモンをふくみ手術後の口を漱ぎぬ生
き返りたり

肺がんの摘出手術を受けたのは三月十八日。

四句までの清廉なイメージと格調高い調べは、方代が持つ詩情が最大限に発揮されたもの。万感の思いがこもる「生き返りたり」と相まって名歌と呼んで良い一首だ。

この歌の一首前に置かれた〈一粒のジャムの甘さが絹糸のごとく体をかけめぐりたり〉もまた美しく繊細な作品。自分の命と体を事細かく見て感じていることが伝わって来る。

手術のあと方代は放射線治療に入る。


『迦葉』

おもいきり転んでみたいというような遂のね
がいが叶えられたり

家族がなく一人で生きていること、歌人としてフリーランスで暮らしていたことなどを思うと、絶え間なく緊張の続いた七十年間ではなかったかと思う。病気や怪我をして転んでしまったら、それで終わりだ。

『山崎方代全歌集』の年譜を見る限り、戦争から戻って以来、病気の記載は五十七歳の時の白内障と、六十八歳のときの緑内障だけ。緑内障の後は煙草を止め、酒を減らしている。自堕落を装いつつ、実は自重し転ばないようにと願い続けた人生だった。

「これで死ぬんだ」と達観の境地が見えて来る歌。

『迦葉』

八階の病床にありてしみじみとめしをたべて
るうたをよんでいる

これだけ平明で、これだけ率直で、これだけ悲しく、これだけ喜びを湛えた歌を私は知らない。

死を覚悟してはいるのだろう。だが、「おもいきり転んでみた」結果、病床にあって食事ができて、短歌が詠めていることに感極まっているようだ。畳の上ではないけれど、病院にいて、しかも見晴らしの良い八階で死を迎えられる境遇に満足しつつ、死を受け入れている。喜んで死を待っている。

平凡なオノマトペを敢えて使って来た方代が最後に繰り出した「しみじみ」へ、深い思いが込められている。

『迦葉』

丘の上を白いちょうちょうが何かしら手渡す
ために越えてゆきたり

「白いちょうちょう」は方代自身である。丘の向こうには、ふるさとの右左口がある。父や母や姉のくま、幼くして逝った兄や姉がいる。

それとも、丘の向こうには沢山の読者がいるのか。歌を手渡すために丘を越えてゆくのか。

最後の最後に突っ込みを入れさせてもらえば、そもそも蝶には手がないのだから手渡すことはできないでしょう……と言いたい。でも、そんな突っ込みを入れさせてくれる方代が心から愛おしい。全歌集を読むたびに、この歌に差し掛かったとき私の眼は涙で濡れている。


『迦葉』

めずらしく晴れたる冬の朝なり手広の富士に
おいとま申す

一九八五年、昭和六十年八月十九日午前六時五分、山崎方代の七十年にわたる生涯が終わる。

鎌倉の瑞泉寺にて密葬・告別式が行われたあと、右左口にある円楽寺において本葬、その後埋葬された。戒名は「観相院方代無煩居士」。

ずっと私は「無煩」を「無頼」と思い込んでいた。この原稿を書いていて間違いに気づいた。戒名を付ける意味は良く知らないが、「おいとま申す」ときっぱり別れを告げたこの時、方代から煩悩の全てが消え去ったのだ。生き放題死に放題の方代である。

『迦葉』

解説 「自分」を求めて

藤島秀憲

短歌を始めて二十三年になる。長いと言えば長く短いと言えば短い年月に、山崎方代は常に私の隣に居てくれた。「歌集を手元に置いていた」でもなく、「読み続けて来た」でもなく、「隣に居てくれた」という表現が一番合う。とは言っても実物の方代ではない。二十三年前に方代はこの世にいない。とうのとっくに「骨壺の底にゆられて」ふるさとの右左口村へ帰ってしまっていた。だから、居てくれたのは『山崎方代全歌集』に収められた方代の歌である。

読んだこともない歌人の全歌集をいきなり買うわけもないので、買う以前に方代の歌との出会いがあったはずだが、それが思い出せない。何かで読んで、短歌を始めて間もない三十九歳の私はたちまち魅せられてしまった。

全歌集を手にした日のことはしっかりと覚えている。埼玉県の上尾市、駅前にあった「麦書房」に注文してあった本を取りに行った。街にはクリスマスソングが流れていた。誰もがコートに丸く収まるような寒い日だったが、私の身体は興奮で熱くなっていた。

その日、〈コーヒー代節約ひと月ついにわが手にする『山崎方代全歌集』〉という歌を作った。

○

山崎方代は大正三年十一月一日、山梨県の右左口村に生まれた。父の〈龍吉〉は農家の次男として育ったが、事業家肌の人で運送業や精米業を営んだ。母の〈けさの〉は隣村から嫁いできた。二人の間には子供が八人いて、方代は末子である。

方代が生まれたときには姉と兄の五人が夭死していた。方代と名付けたのは龍吉である。方代自身は「生き放題、死に放題の放題」から方代と名付けられたと言っていたが、多大なる脚色があると思って差し支えないだろう。

方代が生まれたときには〈くま〉〈ひでこ〉の二人の姉がいて、後に〈くま〉は歯科医師と結婚、右左口を出る（方代が五歳のとき）。〈ひでこ〉については全歌集に収められる「年譜」の大正十一年の項に「この頃、姉ひでこ右左口村を出る。」と記されているが、出た理由には触れられていない（方代が八歳のとき）。

○

十四歳で右左口尋常高等小学校を終えた方代は家業を手伝う傍ら短歌にのめり込んでゆく。右左口村の田中睦男を中心とする「地上」歌会に十七歳の時に入会し、〈山崎一輪〉の名で出詠を始めた。

雨霽れて土の匂ひの温りが麦踏む足につたひ来るかな
失恋のいたでに吾は酒などをおぼえし春の淋しかりけり
雨の後うらゝに晴れて山峡に蕗の萌え出て春立ちにけり
失恋の心いだきて今宵又カフェーの娘と酒のみにけり

『山崎方代全歌集』の「資料編」の「地上詠草」から四首選んでみた。一首目、二首目とも発表年は不明と記されているが、入会間もない昭和七年、すなわち方代十七歳のときの作品であろう。三首目と四首目は昭和七年の作で間違いない。

作風はまったく違うものの、自然に触れるよろこびや、自己を戯画的に描くことなど、のちの山崎方代に通じるものがある。失恋の歌が二首あるが、事実かどうかはわからない。

ゆく点で若書きの未熟さを見せている。しかし、雨上りの景を大らかに歌い上げた作は、なかなかのものだと思う。描写力の確かさを感じる。

二十歳前後の方代は「山梨日日新聞」や「峡中日報」に投稿を重ね、短歌熱が次第に高まってゆく。

鶯があけくれ鳴けばもろ〳〵の木の芽はつ〳〵伸び立ちにけり
ゆゆしくも入道雲の広ろごれり昼のあつさの極まる空に
さやかなる秋の朝よ観音の山はまともに見えて静けし
徴兵検査せまり来れりあけくれをせめて訓練まじめにうけん

昭和九年の「山梨日日新聞」に掲載された作品から引いた。一首目の小さな命の営みを見守る視線、二首目の「ゆゆしくも」、三首目の「まともに」四首目の「まじめに」に含まれる軽いユーモアは山崎方代の特質と呼べるもの、方代短歌の原型はこの時点ですでに出来上がっている。

この年、徴兵検査に甲種で合格するにはしたが、「両親眼疾のため、兵役免除」になったと年譜にある。

○

貧しければ眼科博士にも見せずして遂につぶせしちちの眼ははの眼
歎けども今はすべなしせめてわれみ親にやさしき子とならむかも
畑をうり田をうりしかどふた親のおん目は遂につぶれたりけり
萩桔梗咲く野辺静かに歩むなりちゝ右の手にはゝ左の手に

昭和十一年の十月号より結社誌「一路」に出詠するようになり、短歌に本格的に取り組み始めた。山下陸奥が主宰した結社は昭和二十三年に脱会するまで方代の拠り所となる。生涯の友となる岡部桂一郎とは「一路」で出会った。

生活の厳しさを、また両親の眼疾を歌ってゆくなかで自分を如何に描いてゆくかを考えていたのだろう。生きていることへの罪悪感、自己戯画、劇的場面など生涯を貫く作歌姿勢を獲得しつつあるようだ。

昭和十二年十一月、母けさの死去。十三年一月、姉の嫁ぎ先に父龍吉とともに引き取られる。古河電線株式会社に勤めるが、すぐに辞め、以後職を転々とすることに。この時期の生活は目まぐるしく変転する。そして十六年、二十六歳の方代は臨時召集され、入隊。チモール島において眼を負傷、入院ののち戦地に復帰。昭和二十一年に病院船で帰還するまで長い軍隊生活を送った。

○

「一路」を脱会したあとは「工人」、「工人」終刊後は「黄」、「黄」終刊後は「泥」そして「復刊工人」と常に行動を共にしたのは岡部桂一郎。歌集を出さないかと勧めたのも岡部だった。編集を岡部が、装丁を竹花忍が、印刷所との交渉は中野菊夫が、費用の五万円は姉が、友情と愛情の賜物として三十年十月に第一歌集『方代』は生まれた。

歌集の反響があったのだろうか。翌年の「短歌研究」二月号に「方代の歌」と題する七首が掲載された。しかし、七首とも第二歌集『右左口』に入れられることはなかった。

もみ粒にわずかに日が当りおりて母の呼吸はとまる
沢庵石の塩をふきたるかがやきをかのレーニンは知らざりき
鏡の奥のこの頬骨は高くしてわが父母は他界にいます
空遠く雁わたるとき茫茫と何にからだをはりてわれゆく
椎の葉が椎の根もとに散りてゆくこの夜ふけつつ危いかな
生くるための業ふかくしてささくれた掌にたれし熱きくれないの蠟

かつかつとめしたべ終るさびしさは天がさずけしさびしさならず

字余りと字足らずが多く、破調と呼べるものもあり、調べが悪い。抽象的な表現が多く、意味不明なものもあり、力が入り過ぎてしまったという印象だけが残る。

歌集が出たのちは寡作である。発表するための同人誌が無かったということもあるし、総合誌の掲載が「短歌研究」の七首だけだったこともある。きっと方代は不安だっただろう。第一歌集を出したにもかかわらず、歌人としてもう終わるのではないかと悩ましかったことだろう。

○

昭和三十三年十一月に「泥」が、翌年九月に「復刊工人」が創刊。方代は発表の場を得た。仲間との歌会も繰り返されたのだろう。飄逸で、諧謔的で箴言のような作品へと風合いが変わって行く。歌集に掲載されなかったものを選んで何首か挙げておこう。

秋の実を黒くささげている草のその周辺が天である

沈黙を尊しとして来たるゆえ石の笑いはとどまらぬなり

微かなる枇杷の葉ずれの音にさえ息をひそめておののきておる

こともなくわが指先につぶされしこの赤蟻の死はすばらしい

丸ビルの窓に朝々花いけるまだ見ぬ人にふれてはならず

ただし、昭和三十年代（方代の四十代にあたる）の方代が低調であったことは否めない。この間の作品のほとんどが『右左口』には収められなかった。転機が訪れたのは三十九年の「短歌」十月号（方代歌集）。加えて四十二年の「短歌」十月号（方代の歌）。特に後者が注目を集め、山崎方代の名が歌壇に知られるようになった。前者から後者までの三年間は「泥」も「復刊工人」も終刊していたので、この期間は長い沈黙の時期であった。歌を作っても発表する場がない焦りの末に生まれた「方代の歌」五十首であった。

　四冊の歌集しかない方代だが、雑誌には発表したものの収録しなかった作が多い。作ったけれども雑誌に発表しなかった作品もまた多いことだろう。加えて、雑誌に発表した歌を推敲して歌集に収めたケースが多々ある。沈黙と厳選と推敲が方代を作り上げた、そんな気がする。

○

四十年代以降（方代の五十代以降にあたる）は順調である。「短歌」「短歌新聞」「短歌現代」など総合誌を中心に数多くの歌を発表する。五十三年には玉城徹が創刊した「うた」に参加、更に発表の機会が増える。
発表はされたものの歌集に収められることなく終わった歌の中にも好きな歌が数えきれないほどある。特に「かまくら春秋」昭和五十五年四月号の「月影ヶ谷」と題された三首が好きだ。

ひこばえの冬田うずめて白鷺が羽をひろげて今舞い下りぬ
うつくしい人が来りて月影の地蔵を詣で去りゆきにけり
しみじみと三月の空ははれあがりもしもし山崎方代ですが

「もしもし山崎方代ですが」、このように方代は自分の名前を何度も歌に登場させている。「ほうだい」の響きの良さもさることながら、自分は何ものであるのか、自分の存在意義は何処にあるのかと「自分」を問い続け、疑い続けた歌人だったと思う。「生き放題、死に放題」と言いつつも、決して生き放題には生きられなかったし、死に放題にも死ねなかった。そのことに息苦しさを感じながら生きて死んで行った。

○

自宅近くの診療所で肺がんと診断を受けてから死ぬまでは九か月だった。この間に発表された作品は全て『迦葉』に収められている。

冬の陽が真綿のやうに射し込んで大正三年も遠くなりたり
戦争が終った時に馬よりも劣っておると思い知りたり
みまかりし姉を探して街中を歩いてみたが行き方知れず
かけがえのない連れ合いもめとらずに二代で家を消すことになる
うつし世の闇にむかっておおけなく山崎方代と呼んでみにけり
右左口（うばぐち）神社は小さい石の祠（ほこら）にて馬の手綱をかけし石なり

人生を回顧し総括するような歌が多い。満足と悔恨が入り混じり、湿度の高い溜息が聞こえて来る。五首目、もっと生きていたいという絶唱。六首目、ふるさとを思い、父と過ごした時間を思う。父には馬を引いて運送業を営んでいた時期がある。

病院の一本松の梢（ほ）の空（そら）をかなかな蟬が叩きおこせり

四国詣りの杖のはなしをしてゐると面会時間は過ぎてしまへり〈岡部桂一郎〉

さりげなく主治医の丹生屋先生が私の「首」を読んでゐてくれたり

玉城氏がひよつこり病院へ来てくれて心臓の薬をのみて帰れり

病院の窓の内より民衆に笑みを送りて祝福申す

昭和六十年「うた」十月号に掲載された「遺影　蟬」五首。歌集に収められることはなかった。今は全歌集の「資料編」でのみ読むことができるので、この一冊にもぜひ残しておきたいと思った。

○

今回参考にしたのは『山崎方代全歌集』（一九九五年　不識書院）と方代のエッセイ集『青じその花』（一九九一年改訂第一版　かまくら春秋社）の二冊だけである。「方代研究」の発行人であり、『山崎方代のうた』（二〇〇三年　短歌新聞社）の著者である大下一真氏の評価の高い膨大な著述を参考にすることも考えたが、本原稿の執筆中は敢えて読むことはしなかった。方代については浅い理解しかないが、自分一人で方代に向かって行きたいと思ったからだ。

とは言え限界がある。全歌集に付された「資料編」と「年譜」には助けていただいた。そしてエッセイに記された方代の言葉にも力を貸してもらった。自分一人と言いつつ、自分一人では書きあげることは出来なかった。

「自分」が何者か知りたくて短歌を詠みつづけた山崎方代。わたしもまた「自分」が何者か知りたくて山崎方代を読みつづけている。

著者略歴

藤島秀憲（ふじしま　ひでのり）

１９６０年、埼玉県生まれ。法政大学経営学部卒業。

１９９９年の秋に短歌を始め、２００１年の夏に「心の花」入会。

ＮＨＫ学園短歌講座専任講師。

歌集は『二丁目通信』（現代歌人協会賞、ながらみ書房出版賞）、『すずめ』（芸術選奨文部科学大臣新人賞、寺山修司短歌賞）、『ミステリー』（前川佐美雄賞）、短歌日記２０１９『オナカシロコ』の４冊。

山崎方代の百首　Yamazaki Hodai no Hyakushu

著　者　藤島秀憲　©Hidenori Fujishima 2023

二〇二三年二月一九日　初版発行

発行人　山岡喜美子
発行所　ふらんす堂
〒一八二-〇〇〇二　東京都調布市仙川町一-一五-三八-二階
電　話　〇三（三三二六）九〇六一
FAX　〇三（三三二六）六九一九
URL　http://furansudo.com/
E-mail　info@furansudo.com
振　替　〇〇一七〇-一-一八四一七三
装　幀　和兎
印刷所　三修紙工㈱
製本所　三修紙工㈱
定　価　本体一七〇〇円+税

ISBN978-4-7814-1536-9 C0095 ¥1700E